또래

조 한 복 시 집

뭘 그리 고민하십니까?
뭘 그리 망설이십니까?
여기까지 왔는데 그냥 접어두려 하십니까?

　어느덧 세월은 58년을 넘어 육순으로 치닫고 있는데, 그냥
그렇게 수줍음에 떨렵니까? 이 글을 읽어줄 독자분께 용서를
구합니다. 너무도 많이 부족한 줄 압니다. 속절없는 나 자신을
표현한다는 게 얼마나 어려운 것인지 이제야 알 것 같습니다.
하지만, 부족하기에 부족한 대로 진솔하게 다가가고픈 마음이
저의 전부입니다. 혹여라도 읽어주시는 동안에 무례함을 느꼈
다면 넓은 아량으로 용서하시옵고, 꾸짖을 것들은 꾸짖어주십
사 부탁드립니다.

사뭇 처음 시도하는 일이라서 다소 어설픈 부분도 있을 겁니다. 시란 게 읽는 이의 기준보다는 쓰는 이의 생각이 어쩜 무리일지도 모른다는 생각이 듭니다. 어쨌든 지나친 곡해는 마시옵고 '저 사람은 이렇게 생각하는구나' 하고 되새겨주면 고맙겠습니다.

많이 부족한 글을 읽어주신 독자분들께 행운이 함께하길 기원합니다.

감세(참석)

현덕이 부르고
종찬이 초대하니
족히 찾아가야 하지 않겠노
58km 달려감세.

꼴통

으~앙 으~앙, 엄마야!
우체국에서
ATM에서 카드 꽂아놓고 가셨어요
으~앙 으~앙, 엄마야!
병두 친구가 이민 갔대.

다섯 살 손주와
팔십 드신 할배 얘기

어느 날 할배가 곤하여

거실 소파에서 잠에 들고 말았습니다

그때 모기 한 마리가

할배 콧등을 공격하고 있었습니다

할배가 가르쳐준 대로 손주는 스프레이를

할배 콧구멍에다 분사하기 시작했습니다

지금도 그 할배는 아주 깊은 곳에서

수면 중이랍니다.

칠월 초하루

비가 왔다

그 이유로 시흥에서 만난 소녀를

공항까지 보내야만 했나요

얼마나 무서웠을까

늦게나마 용서를 빕니다

고의는 아니었습니다.

이상한 운전사

영종도 운서역에서 손님을 내려주고

한적한 곳에 소변을 보려니

애처로워 보이는 빗자루

"나 좀 태워줘" 하는 것 같았다

트렁크에 싣고

인천대교를 건너왔다

마법의 빗자루였는지

Have a nice day였다.

소금쟁이

이사 온 지도 1년이 지났다
4층의 높이를 기어오른
반가워하는 이 없는 소금쟁이를
발로 아작냈다
한반도처럼 두 동강이 났다.

작은 뚜지

어릴 적 뛰놀던 동산은 간데없고

상상도 못 했던 멘션들로 즐비했다

칡순 끊어 먹고 셩 먹던 그곳은

아무 말이 없었다

서운해하는 눈치 역력했지만

우리에겐 아무런 힘이 없었다

작은 뚜지는 마음속으로 그리움 속으로 사라져만 간다.

Good bye 2018

반려동물보다도 벅찬 년!
정도 남기지 말고 가거라
2018년!
새로운 반려동물을 만나리라
2019년!

Moving(세탁기)

열일곱 살 된 딸을 버렸다

특별하게 속을 썩인 적도 없었다

비가 오든 눈이 오든 시키는 대로

적든 많이 알아서 처리해줬다

어쩔 수 없는 건

원피스를 갈아 입힐 수가 없다는 이유로

아마도 다른 집으로 시집갔으리라.

무임승차 한 파리

내 잘못이 컸어요

용서해줘요, 용서해줘요

앞으로 다시 그런 짓 안 할게요

핸들 위에 앉은 파리는

창문을 향해 용서를 구했다

두 손에 불이 나도록 용서를 빌었다.

생발톱 자르기

맨발로 이불을 세탁한다

뒤집어 밟고 다시 포개서 밟고

발가락이 비눗물을 친구 삼아 흐물흐물하다

홍수환 선수가 카라스키야를 공격하듯

신속하게 손톱깎이로 발톱 사이를 공격한다

피멍이 들긴 하여도 기말고사까지 갈 수 있겠다.

푸념

달라고만 하느냐

베풀어준 적 있느냐

인분 계분 우분 용광로의 고철까지

내버리기만 하잖아

얻으려거든 주라

주면 반드시 빈자리에 물이 다시 채워지나니

삶이 고달프다

그래도 살아야 한다.

형수와 감태

천장의 감태
간장과 만남이 제격
잘은 모르지만 건강 식품
삼시 세끼 감태다.

신삼합: 감태+간장+백반

틀이

그녀와 나 사이엔

깊숙한 구덩이만이 늘어나고 있어요

서로가 사무치는 골 깊은 사이

언젠가는 헤어져야 할 우리

그래와 나는 헤어지면 무의미한 바보 같은 사이

그대도 사는 동안 사랑해야죠

재혼도 아닐 텐데 이토록 서먹한가요

부디 그대 시집와서 잘 살아주길 빌어요.

귤 까 먹기

그녀의 옷을 벗기어
길바닥에 버렸습니다
그녀는 알몸이었고
내게 안기었습니다
그리곤 그녀는
뜨거운 키스로 다가왔습니다
무더운 여름을 황홀하게 보낸 거죠.

생일

천둥도 멈추고

벼락도 사라지고

번개도 끝났다

그날, 드디어 심장이 뛰기 시작했다.

여기는 주안역 →

민

민 들 레 꽃

민 들 레 꽃

민들레꽃이 폈습니다

민들레꽃이 폈습니다

민들레꽃이 폈습니다

민들레꽃이 됐습니다

민들레꽃이 외롭게 됐습니다

어느새 전철은 동암역에 도착했습니다.

시는 역사보다 위대하다

어른은 아이를 흉내 낼 수 있다
아이는 때가 돼야 어른이 된다
용서도 마땅히 어른이 해야 한다
시는 아이이긴 하지만 어른일 수는 없다.

서동요

당신은 모르실 거야

얼마나 고민하는지

집세도 못 내는 나를

그냥 외면할 거요

꼭 30평대 아파트 있어야 하나요

청소비 아낄 겸 원룸은 어떤가요

사랑하면 족하지 않나요

그냥 살게 해줘요.

오류

의도적 오류　　태생

정기적 오류　　노력 부재

사랑의 오류　　짝사랑

착각적 인생　　로또

소리적 오류　　15법-〈시법원〉

　　　　　　　Fish-PC

　　　　　　　장례식장-창대시절

비둘기가 이마에 똥을 쌌다.　죽여

　　　　　　　　　　로또 사요

How long, O Lord, How long?
주여, 얼마나 더 기다려야 하나요?

만월산 정상에 오르면

충~성 대한민국 태극기 펄럭

오늘도 혼자냐

거기시가 거시기인데

무척 덥소 물이나 주소

이승을 (동암남부역 방향) 향한 십배

뒤돌아 (가족공원묘지 향해) 십배

이렇게 살아요.

It is the act of God

신께서 하신 일입니다

운전하고

자고

막걸리 마시고

그리고 자고

다시 운전하고

짬짬이 그리워했습니다

This

To be or Not to be

That is the question

당신께 맡깁니다.

미완성

Heracles Heroes(헤라클레스)

약산 정상에서

당신의 힘을 믿고 아로나민주입니다

테세우스

집에 닿기 전에는 포도주 자루를 절대로 풀지 말라

8년 학습에 유일하게 F 학점 받은 과목입니다

8 자는 뒤집어도 8 자입니다.

부재

간석오거리 가면 20이면 된다

그런데 왜 30 줘도 싫다 하노

오늘만큼은 주인님을 거부합니다

용서하소

오늘은 부재입니다

타파하라! 구제하라!

부재는 누구를 위함인가?

도토리 소유권

영분이 누나 거 같네요

영이 누나 거 같네요

어쩜 수춘이 거인지도 몰라요

아님 필수 거 일는지도 모르겠네

그때 유남이가 별걸 다 따진다네요

이때 지혜가 "도토리는 다람쥐 거예요" 하죠

우진이가 "도토리는 산 거. 산이 등기 이사여요"라고 하네요

충호가 "얀마, 우리 집 정원에도 도토리 있어"

인생은 알아서 살면 되는 거죠.

매미 소리

약 산 에 매미 맴매매~암

주안산에 매미 맴맴맴매~암

선유산에 매미 맴맴맴맴매~암

만월산에 매미 맴맴맴맴맴매~암

노래 부르듯 소리 높여 부르면 심장도 웃지요

만약, 눈으로 부족하다면 눈썹만 웃지요

조금만 참으면 여름이 그리워질 겁니다.

애인

곁에만 있어주오

서럽도록 아쉽던 일 다 해주리니

바라만 보진 마소

수줍더라도 손짓이라도 흔들어주구려

내일로 미루진 맙시다

내일이 되면 마음이 또 변할 것 같소

당신과 나는 영원한 애인인지도….

민경(거울)

엊그제 스님 한 분이 찾아왔다

달포에서 좀 길면 두 달 정도만 머무르고 싶다고 하길래

너무도 나를 닮았기에 즉석에서 승낙했다

민경 속 스님은

세상 사람들을 웃기며 사는 게 취미라고 했다

바라볼수록 웃음만 나온다

스님 대박 나소!

A Month

지급명세서

근무 내역

1. 총 일수, 주간, 야간, 일차, 인정

2. 연차, 특휴, 휴가 교육, 연차, 전임, 사고, 기타

3. 기본급, 근속수당, 근로장려, 성실수당, 장려수당,
   승무수당, 야간수당, 상여금, 연말정산

공제 내역

- 소득세, 주민세, 고용보험, 건강보험, 요양보험,
  국민연금, 조합비, 경조비, 공제회비, 과징금,
  가불금, 기타 공제, 연말정산

기타

- 급여계, 공제계, 이월금계, 차인지급액

※ 수고 많으셨습니다.

나로 말할 것 같으면

산동성에서 열한 번째 왕자로 태어났습니다
어머니는 간장을 드시고
장독대에서 수도 없이 뛰어내리셨다 하셨습니다
운명의 신은 그렇게 지켜주셨고
내일도 모레도 지켜줄 줄 믿습니다
"오늘도 무사히" 하며 삽니다.

사랑의 시행착오

홀로 이불 속에서 생각하는 사랑

짝사랑은 상대가 그대로 있는 사랑

장맛비가 주룩주룩 오는 날의 사랑

이르지 못한 표현의 미완성

주인 없는 외사랑

그래도 존중해야만 할 사랑

누구나 한 번쯤은 가져보았을 사랑

사랑이란 말이 어색한 사랑.

휴가

깎고 보니 헐~
시원은 하네요 헐~
스님은 아니고 보살이라 해요
빗은 할 일이 없네요
그것은 인생이겠지요.

운명

왜 그랬을까

뻔히 알면서

왜 그랬을까

술은 나에게 가르쳐줍니다

아니 거기에 이미 젖고 있잖아요

그냥 내버려 두세요.

삭발하기 전날

두 달 동안이지만
지켜주려고 안간힘을 다했지
알아 사랑은 그런 거
함께한다는 게 사랑이지
많이도 부족했구나
그래도 사랑한다, 사랑한다.

삭발 후

스님은 속세에 살고 있냐

그곳은 다를까

시원해서 좋고 사랑스럽네요

어머니 배 속에서 탈출할 때

그랬을 거요

놓으면 편한 것을.

Who am I

I am me

I am me

We belong together

Have a nice day

창밖의 날은 새고 있었다.

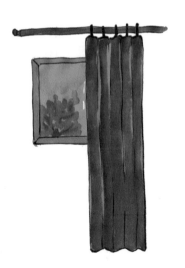

미련 없어요

당신이 원망했대도
내가 당신을 미워했대도
이젠 미련 없어요
그냥 그냥!
행복하게 사시구려.

그녀 1

남은 건 목도리 하나
무릎까지 내린 눈길을
우린 오다가 가다가
날이 밝는 줄도 모르고
그 뜨거운 열정으로
운명을 받아주질 않았어요
그건 아마도 첫사랑.

그녀 2

지나고 보니 그리 긴 세월 14년

다시 가질 수만 있다면

운명은 우리를 이쯤에서 갈라놓았고

그대 그렇게라도 행복하게 사시길.

그녀 3

보이진 않지만 사랑하나 봐
어쩜 이대로 요단강을 건널지 몰라
그래도 이 순간이 나쁘진 않아
보듬어 보면 우리 삶은 미완성
좋든 싫든 운명이라 살련다.

분실물

만취

동암 우체국 옆

오만 원권 4장 플러스(+)

그냥 챙길까?

시그먼드 프로이드의 초자아 발동

막걸리집으로 회귀 112 콜

"지갑을 주웠어요" 접수

행복은 주는 것

사랑도 주는 것

충호야! 잘 먹었다.

도긴개긴(윷놀이)

백두산까지 던져보소

도긴개긴이죠

한 치 앞도 못 보는 게 인간이죠

세월 낚는 것도 요령

운명을 욕하지 마소

자숙하며 살아보소

인생은 도긴개긴이오.

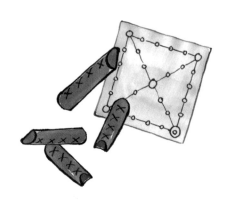

박 첨지

하이에나보다도 더 잘 흡입합니다

언제나 그렇듯

모든 것은 입에서 시작합니다

끝으로 치닫는 곳은

건식은 항문으로

수식은 박 첨지로 끝을 맺습니다

오대양 육대주의 온갖 오물들은

대륙의 수로에서 걸러집니다

젊어서는 변강쇠 부럽지 않았는데

근간엔 물소리도 조용합니다.

사랑하고픈 다수 씨

당신을 만나면 키스하고 싶어집니다

동그란 입술만 보면 키스하고 싶어집니다

기억도 못 할 만큼의 세월 속에

너무도 맺힌 갈증이 그토록 키스하고프게 합니다

더 이상 방황하지 말고 뜨겁게 시원하게 키스합시다

죽는 날까지 우리 같이 삽시다

오늘도 두 통이 바닥났습니다

아마도 기십 번은 키스했나 봅니다.

아기 고양이

야-옹, 야—옹, 야---옹

엄-마, 엄마야, 엄마 어딨어!

태어난 지 열흘도 안 돼 보이는 새끼 고양이

들리는 대로 그렇게 느껴졌다

먹을 것을 던져주어도 경계만 했다

자정을 넘었을 때

두 마리의 고양이가 나타났다

엄마와 아빠인 듯했다

발걸음이 한결 가벼웠다

잘 자라길 기도한다.

보도 블록의 아픔

택시 뒷발로 스치고
레미콘 뒤 타이어로 밟히고
마을 버스가 휘감아 돌리고
코크레인*이 나의 운명을 정리한다
어머니는 이름 석 자도 쓸 줄 몰랐다
그래도 11남매 잘 키우셨다.

* 포크레인을 그렇게 부르셨다

앉은뱅이 소나무의 한

키다리 소나무만 보면 부러워 죽겠다
나도 클 수만 있다면
아빠 소나무의 정자가 잘못이었나
엄마 소나무의 난자가 불량이었나
왜 나는 이리도 앉은뱅이일까?
나에게도 어떤 재주가 있지 않을까?
내일도 산에 올라봐야겠다.

효자손

삼십 년을 기다렸다

삼천 원이면 사는 것을

삼십 년은 함께 살자꾸나

삼천리 반도 구석구석

남들이 모르는 곳까지 시원하게 해다오.

코털깎이

아그들아

코털은 뽑으면 안 돼

치매의 원인이 코털 뽑는 데서부터란다

코털은 코털깎이로 잘라내는 거야

그 누님은 코털깎이를 선물한다고 하더니

지금까지도 소식이 없네

어느새 동이 트고 있었다

하루 이틀 이야기가 아니다

만나면 술 그리고 이런저런 얘기 속에

아침을 맞곤 한다

부디 건강들 하소서.

서장군

백주대낮에 부평역 앞
10차선 도로를 전속력으로 횡단한다
클랙슨을 울리는 차, 라이트를 켜는 차
브레이크를 밟는 차, 한순간 난리가 났다
서장군 왈, "아휴, 죽을 뻔했네" 하고
쥐구멍으로 들어간다.

약산에 앉은뱅이 소나무

왔으면 인사라도 하고 가야지

얼굴보다도 더 넓은 평수의

이마를 솔길이 찌른다

태어나기는 한 가지였을 터

누구는 키다리 소나무이고

누구는 앉은뱅이 Disable이란가?

아무튼 제멋에 산다.

변강쇠[*]

잘했어 잘했어

세웠어

나한테는 너무 커

잘 만져서 세워봐

사용한 지 오래라서 찝찝해

고생했어.

[*] 원제: 〈소래표 장돌이〉

노래는 좋은 친구

고성을 지르고

때론 중성으로 여자 키를 흉내 내고

저음으로 분위기를 가다듬는다

잘 부르진 못하지만

항상 즐겁다

분위기를 띄우든

기분을 풀든

고래고래 지르며

소화도 풀린다

내일은 해가 뜰 거라 믿는다.

신 떡보의 하루

기성이에게는 딸이 있다

딸이 아빠 용돈을 30만 원 보냈다

딸은 실수로 300만 원 이체했다

다음날 딸은 소송을 했다

아빠 피고에게 270만 원을 돌려달라 요청했다

딸 원고가 너무 예뻐

아빠 피고는 거금 350만 원을 쏴줬다

부녀지간은 참 부럽다

나에겐 아들 하나가 있다.

내가 당신을 알 수 있다면

내가 당신을 알 수 있다면
식은땀을 흘리며 밤을 지새우지는 않았을 텐데

내가 당신을 알 수 있다면
그토록 안타까운 헤어짐을 허락하지 않았으련만

내가 당신을 알 수 있다면
그렇게 나약하게 행동하지 않았을 것을

내가 당신을 알 수 있다면
내일이 오는 소리에 떨지 않았을 것을

내가 당신을 알 수 있다면
입장 바꿔 번뇌했을 것을.

애주가

욕심은 과욕

과식도 욕심이고

과음도 몸에 안 좋다

그래도 술은 좋다

그래서 다 마신다

취해도 술이 좋다

그녀도 좋아한다.

우산

비가 오면
사람들은 한 손에
으레 총 한 자루를 들고 다닌다
순전히 공격용이 아닌 방어용
그래도
비와는 한 판 한다.

흉터

어머니

아버지

잘돼라 했지

늘 조상님들은 그랬지

원망은 내 탓이요

숙명을 운명으로 여기는 것도 내 탓

삼도화상

그래도 세상은 변화하진 않는다.

Dear Friend

Cause I am you lady

and you are my man

What comes around

goes around

Thanks God all might!

Have a nice day

Good Night.

67

오늘 일정

부평 삼거리역에서 11시 출발

만월산 등반 2시간이면 족합니다

간석 오거리역에서 12시에 전철 타고

인천 CGU로 이동, 브로커 영화를 본다(2시간 소요)

동암 벽돌막사거리로 걸어서 이동

대략 5시 경엔 도착

막걸리 두 병에 고등어구이 먹고 조기 퇴근

왜냐면요 그녀가 기도하는 모습을 봤거든요.

바람 신 1

장마 속에 태풍인 듯
창문 틈을 밀고 들어와
대화를 나누자고 윙윙댄다
똑바로
똑바로 쓰라고
호되게 호통한다
머리가 멍할 뿐이다.

시가 잭

설렘에 하루를 미루고

경황 없어 또 미루고

이러다 해 저물겠다

용기를 내어 내비게이션 가게에 물었다

그곳에선 시가 잭을 취급하지 않았다

그렇다면 스마트폰 대리점에 있겠지

첫 집은 없었다

바로 옆집에서 찾았다

거금 일만 원

속이 시원하다.

석바위 은행나무

철부지 은행나무는

너무도 외로운 나머지

전봇대를 끌어안고 있다

가을이면 떠날 은행잎을

보듬듯이 끌어안고 있다

추운 겨울이면 으레 땅바닥을 뒹굴곤 하였다

사장님은 늘 빗자루로 쓸곤 하셨다.

마스크

백의민족이라 하얀 마스크일까?

인류의 조상이 흑인이라서 시커먼 마스크일까?

지난 2년 반 세월

셀 수 없는 마스크를 사용하였다

현대 의학이 옳다 하기로서니

만일 우리가 마스크를 거부했다면

과연 인류가 멸망했을까?

어쩌면 우리의 선택은 바르지 못했을지도 모른다.

바람 신(Wind) 2

위대하신 분이다

회오리를 가져오기도 하고

태풍을 일으키기도 한다

능수버들이 지루박을 추기도 하고

떨어진 낙엽이 그분을 만나면

살아서 춤을 추기도 한다

비닐봉지가 탱고를 추기도 하고

돛단배가 그분을 만나면

무동력으로도 망망대해를 갈라 나간다

영원한 힘을 갖은

무한대의 신이시다.

양귀비 술

영종도 외딴 집

장어도 굽고

삼겹살도 먹고

소주에 맥주 그리고 양귀비 술

만취 속에서도 양귀비 꽃을 보았다

지독한 술 속에서도 지지않는 꽃

양귀비.

까치야 네가 부럽구나

메타세쿼이아 위에

3층 빌라를 지었더군

맨 밑에 층엔 할머니 까치, 할아버지 까치가 살고

중간 층엔 아들 까치, 며느리 까치가 생활하고

맨 윗층엔 조카 사위, 조카 딸이 살겠지

집도 돈도 없는 나로서는

매그파이가 부럽구나.

아비는 신문배달원이었다

따스한 봄꽃을 보면서 300부를 배달했다

무더운 장맛비와 혈투를 하면서도 300부를 돌렸다

시몬에 낙엽 밟는 소리 들으면서 300부를 전달했다

영하 30° 강추위에 언 손을

사타구니 불알 밑에 넣고

쏟아지는 눈물과 씨름하면서도

꿋꿋이 300부를 배달했다

그래도 죽진 않더라.

신뱅이(십뱅이)*

어머니는 신뱅이 검정 고무신을 사 주셨다

고등학교 1학년 때 신뱅이 기타도 사 주셨다

칠 년 만에 신뱅이 택시를 받았다

삼 년만 같이 가자고 다짐해본다.

* 새것, 새로운 것, 꼬까옷

원탁*

옆에 있는 삼촌은 친근한 이웃집 아저씨

다른 옆에는 가족 같은 이모님

마주 보고 있는 이는 사랑하게 될 사람

왜냐면요

보고픔이 간절하면 그리움이 되고

그리움을 고대하면 사랑으로 입문하니까요.

* 둥근 테이블

고마웠어요

당신이 있어

그곳은 빛이 났어요

당신 때문에

그곳에 머물고 싶었어요

그날 와줘서

참 고마웠어요

아직도 사모하는 마음 가득합니다

이대로 멈춘다고 해도 원망은 안 할게요

잘 자요.

상여집

하필이면

사랑이란 두 글자 앞에

염치로 두려움도 저버리고

우린 뜨거운 키스를 했고

무서움도 저버리고

더없이 뜨거운 사랑을 속삭였노라

1남 1녀

그렇게 행복했노라고.

새벽 풍경

똥도 못 싸누나
동암역은 하지를 넘긴 새벽
일당을 챙기려 내디디는 발길
전날 밤에 취기로 서성이는 무리를
그 사이로 걷는 모습
가는 곳은 달라도 마냥 분주하다
그대여, 오늘 하루도 행운이 가득하길….

주독

그대여 사랑을 하려거든

머리로 하진 맙시다

사랑은 가슴으로 하는 거랍니다

오, 그대여!

이왕에 마실 거라면

아침 9시까지 마셔봅시다.

코털

세면대에서 우린 헤어졌습니다

지난밤에 그토록 괴롭히더니
별 일 없이 각자의 길을 갑니다
남들은 한 번도 힘들다는데
이제 또다른 길을 가야합니다
원망도 세월 앞에 식어듭니다
부디 다른 이와 이식해서라도
행복하소서.

만월산 태극기

펄럭 펄럭- 오늘도 혼자 온 겨

펄럭 펄럭- 바람 님의 도움으로 말을 한다

펄럭 펄럭- 20년을 그리 살다 보니

　　　　　이젠 익숙도 하답니다

펄럭 펄럭- 그대에게 행운 있길 빌게.

땅꾼

지팡이를 한 손에 잡고
다른 한 손으로
뱀의 주둥아리를 잡는다
뱀은 혀끝을 조심하면 돼.

혀

들고양이는
Cat보다 그냥 고양이가 좋고

개는
부정 접두사로 팔려
개빡치네, 개떡치네… 하여
Dog가 듣기 좋습니다.

Dear 견식 Day

견공은 들으소서

개, 그대를 취함은 단백질을 위함이구려

혹, 이를 정치적 쟁점화하려는 마오

내도 치와와를 8년 씩이나 키웠으니

맛이야 기막히지 않소.

넘어(니머어)

아들아 참외다, 먹어라

코로나19 시국에

내 새끼 잘 하고 있네

홀아비로 살아가기 힘들 텐데

용케도 잘 살고 있구나

얼뚱 애기 내 새끼

긍게 이곳엔 천천히 오려무나

엄마는 늘 네 모습 바라보고 있단다

아주 천천히 Slow로 오려무나.

어머니

고생만 하시다 가신 그리운 어머니

늘 부뚜막에서 끼니를 때우시던 어머니

철 들었다 하여 찾아보니 그 모습도 아련합니다

당신의 열한 번째 막내는 이렇게 지냅니다

어머니!

어머니!

머지않아 머지않아 당신 계신 곳으로

언젠가는 가겠지요

그때 뵙겠습니다.

백령도

서해 최북단 섬
어찌 그리도 운명이 변화무쌍한고
한때는 북조선 소유였는데
현재는 이 산의 고통을 전하는
남쪽 소유의 해군 5천 명
민간 주민 5천 명, 가옥 수는 3천 가구
궁금한 것은 지하수로 상하수를 관리한다는 사실
있을 것은 다 있는 섬
한 번 쯤은 찾아보시라.

백령도 2: 사곶 비행장

끝이 보이지 않을 정도로

광활한 모래 땅

자동차, 경운기들이 운행하니

비행기도 이착륙 할 수 있겠죠

사곶 냉면 한 그릇 먹고자 했더니

그곳도 코로나19 상황.

백령도 3: 콩돌 해수욕장

어찌나 자갈들이 예쁘던지

바람은 최고조로 나를 반겼고

아무도 없는 해수욕장은

잠시나마 신선으로 착각하기에 충분했다

이태백이 술에 취해 채석강으로 뛰어들었다는데

만사 포기하고 피도 치는 콩돌 해수욕장으로

다이빙하고 싶었습니다.

백령도 4: 심청각

막걸리 한 통 메고 올라간 심청각에

심청이는 온 데 간 데 없고

바다 건너 황해도에 이북 동포들만 보일 뿐이었다

손 뻗으면 닿을 듯이 날씨도 아주 죽여줬다

하나님께 감사~

백령도 5: 두무진항

57년 만에 그러한 기암절벽의 풍경은 처음이었다

동해보다도 맑고 깨끗했다

아쉬운 것은 횟집이 열 개나 있었는데도

코로나19로 영업을 못 한다는 사실이

무척 속상했다.

밤꽃

밤꽃을 아름답다거나 예쁘다고
말하는 이는 없는 듯하다
독특한 향이 뭇여성들을
감미롭게 할 뿐이다
젊었을 땐 나에게도 그런 향이 있었는데
요즘엔 가뭄이 들었는지
마른 지 오래다.

미라클(Miracle)

동암초교 연식 정구장에서 공이 담장 밖으로 가출했다

길 가는 이가 공을 주워 운동장으로 힘껏 던졌다

그때 기적이 일어났다

양산 도사의 마력이 시작된다

그의 손은 위대함을 자아내기 시작한다

헌 차를 새 차로 바꾸고 새 차는 또다른 새 차로

개인 사업자로 변신시켜낸다

날을 새어 마신 술이 깨기도 전에 일어난 일이다

날아갈 듯 개운한 기운이 한껏 기적을 이뤄낼 것 같은

기운이다.

인간

피지의 작은 섬
지구라는 곳에 하나 점
행복은 생각할 나름.

멍멍암

충호야! 일요일 약속 토요일에 하자,　　　　멍멍

필은 부재 날이어서 괜찮지,　　　　　　　　멍멍

영이 누나 3시에 남광장으로,　　　　　　　 멍멍

여왕님도 시간 맞춰봐요,　　　　　　　　　 멍멍

수춘아 지방 안 갔다면 참석해,　　　　　　 멍멍

유남이도 오면 좋을 텐데,　　　　　　　　　멍멍

김 쌤은 수업 있댔나, 늦게라도 와,　　　　　멍멍

지혜는 삼계탕 사 줄게,　　　　　　　　　　꼬끼오

토요일(18일) 3시 남광장.

이야기꽃

부잣집 양수리 화로구이

뒤뜰 길에 영이 누나 필 노래방

존귀하연 여왕 왕 막걸리

우산을 챙겨주는 선남이네

저 멀리 7080 가라오케

이곳에서 험담도, 사담도, 흉담도

그리고 사랑하는 이들의 정다운 이야기

지구상에 가장 아름다운 이야기가

숨 쉬는 곳

아! 사랑합니다.

또래

작은 뚜지 장벌유치원 수료

중앙분교(산성초교) 15회 졸업

성연중학교 8회 졸업

서령고등학교 28회 졸업

인천전문대학 1984년 자퇴

한국방송통신대학교 영어영문학과 졸업

한국방송통신대학교 국어국문학과 졸업

취갓길

동암역에서 부평삼거리까지

술에 취한 상태로 골목길로 접어든다

자(子) 시를 훌쩍 넘은 시간

야~옹, 야~옹, 오늘도 많이 취하셨네요

야~옹, 야~옹, 그래 별일 없지

포오 친구가 그랬듯

왔던 길을 그대로 걸어서 돌아간다

더 놀고 싶은 마음을 아쉬워하며.

번민

멀어진다고 해서

운명이 끝나는 것은 아녔다

심연의 깊은 곳에서

사랑을 더더욱 속삭였다

그녀는 그곳에서

기다리고 있었다

그땐 몰랐을 뿐이다.

새벽 귀가길

포우에 들고양이는
나에게 친구였고
경비실 옆
앵두나무는
끝없는 친구였다
나는 그대를 보고파 하며
앵두를 자유롭게 따 먹었다
새벽은 한없는 자유였다.

Dearest 민병갈

위대함을 넘어 거룩함이여

당신의 따뜻한 손길을 만끽하고

우린 서해대교를 넘었습니다

당신이 가신 그곳에도

신의 은총이 함께할 줄 믿습니다

고맙습니다

Thanks God all might.

모기

윙 하는 소리에 눈을 떴다

웬수가 따로 없다

사지가 가렵다

스프레이로 미사일 공격을 한다

지독한 놈

오늘 밤엔 거동을 아니 하려는가 보다

더러운 X

분이 풀리질 않는다

옻순 먹었을 때 항문이 가렵듯

손발이 가렵다

그래도 다행이다

오늘은 쉬는 날.

염소 부인

첫 번째 남편에게서는 아들 둘을
두 번째 남편에게서는 무정자증으로 제로
세 번째 남편은 소속 없는 방랑자
네 번째 남자친구는 교서 성가대에서 만난
　　숙맥 총각
　　알 수 없는 팔자로소.

모자

탕웨이 뱃사장에 갔을 때
나비로 환생했네
못 이룰 사랑이면 만나지나 말지
그래도 기적은 있었네.

돌머리 해수욕장의 추억

꼬끼오~ 사랑해

꼬끼오~ 사랑해

그들만의 언어로 사랑을 속삭인다

해수욕은 사랑을 잉태하고

오늘의 바보들은 돌머리 해수욕장을 사랑한다.

낮술에 취한 숙주

대왕: 영의정 들라 이르라.

숙주: 대왕 성, 부르셨는겨?

대왕: 영상, 부평 역사에 한글 조사 한 줄이 없다는 게,
사실인고?

숙주: 성, 숨길 수 없는 진실이외다.

대왕: 이놈! 숙주 너를 영의정에 앉혔더니, 고작…. 흠흠!

숙주: 성, 요즘 세대들은 뭐 개빡치는 소리나 합니다. 대
왕 성님이 이승으로 부활하시구려. 이놈의 세상
답이 없수다.

58세 어린이가 신두리 해수욕장으로
소풍 가는 날, 전날

봉선아, 우리 빠진 것 없니?
믿음직한 너의 센스를 기대할게
우리 내일 만나자.

오르고 또 오르노라

코로나(COVID-19) 덕분에

만월산, 만수산, 관모산, 상아산
소래산, 거머산, 성주산, 문학산
연경산, 녹적봉(산), 청룡산, 봉재산
송도 돌산, 계양산, 천마산, 장수산
호봉산, 함봉산, 영종도 백운산

최서북단 백령도
심청각, 두무진항, 콩돌 해수욕장, 사곶 비행장

한 끼(1식 7찬)

들깻잎 10잎

멸치 10마리

마늘(Live) 10쪽

고추(Live) 1개

간장 한 모금

고추장 반 수저

우유 한 컵

보고픈 혜찌에게

요즘 얼굴을 숨기고 살아

10시 쯤 그곳에 가려 하는데

한잔하고프면 나와줄래

째끔은 보고도 싶고

그냥 그래.

미용실

커트보로 모가지를 채운다

숙련된 손놀림으로 바리캉을 집어 든다

그녀는 아름다운 숙녀다

언젠가 우린 꿈속에서 만난 적이 있다

그건 사랑의 미로였다

남은 일생을 그녀와 함께할 수 있어 기쁘다.

그리운 내 고향

시란,   깨묵 같은 것

          메주 같은 것

          볶음밥 같은 것

작은 뚜지   모래밭에다 두꺼비집 진 것 같은 것

어머니의 앞치마

김치찌개　　　(　　　　)

청국장　　　　(　　　　)

게국지　　　　(　　　　)

간재미　　　　(　　　　)

밥　　　　　　(　　　　)

삭힌 홍어　　　(　　　　)

늘 부뚜막에 쪼그리고 앉아

누룽밥을 드셨습니다

당신이 보고 싶습니다.

늘 푸른 착한 막걸리 왕개 모임 공개

장소: 동암 지하로 58번길

일시: 2065년 2월 24일, 토요일 오후 9시

머지않아 봄이 오려니

금번 모임에선 꽃에 대해 논하여 봅시다

아무튼 전원 참석 바랍니다, 이상.

사교

돈 많다고 자랑 말고

남보다 좀 많이 배웠다고 자랑 말며

여편네, 남편네 자랑 말고

딸, 아들 자랑 말고

막걸리 잘 마신다고 건강 자만 마소서.

누가 될까 봐

사랑한다고 말하면
누가 될까 봐

그리움으로 사무친다고 하면
누가 될까 봐

온종일토록 가슴앓이한다면
그 또한 누가 될까 봐

속절없이 세월만 삼키는
이 신세가 한심합니다.

감사의 글

부족한 시집을 이토록 아름답게 출판 할 수 있도록 도와주신 하움출판사 대표님께 감사드리며, 특히 오탈자서부터 삽화에 이르도록 정성을 다하여 주신 편집진께 깊은 감사의 말씀을 드립니다 고생 많으셨습니다

2022. 10. 1. 새벽에

무덤 **조한복**

또래

1판 1쇄 발행 2022년 10월 17일

지은이 조한복

교정 윤혜원 편집 유별리
마케팅 박가영 총괄 신선미

펴낸곳 하움출판사 펴낸이 문현광

이메일 haum1000@naver.com 홈페이지 haum.kr
블로그 blog.naver.com/haum1007 인스타 @haum1007

ISBN 979-11-6440-217-5 (03810)

좋은 책을 만들겠습니다.
하움출판사는 독자 여러분의 의견에 항상 귀 기울이고 있습니다.
파본은 구입처에서 교환해 드립니다.